afgeschreven

Agent 0-0-Papa

Agent 0-0-Papa

Copyright © 2011 Kirstin Rozema - Engeman
Auteur: Kirstin Rozema - Engeman
Illustraties: Ulas Kaya & Sandy Wijsbeek

Uitgever: BoekenBoet
Omslagontwerp & vormgeving: Lint. grafisch ontwerp

Kinderboek
ISBN 978-94-91375-03-3

Kirstin Rozema-Engeman

Agent 0-0-Papa

Illustraties:
Ulas Kaya & Sandy Wijsbeek

UITGEVERIJ**BOEKENBOET**

Aan de Beukennotenweg staan heel veel huizen.

Grote huizen, kleinere huizen, witte huizen, huizen van rode steen en zelfs een houten huis.

In één van die huizen woont Mick. Mick woont op nummer 25 met zijn mama, zijn papa, hun hond Sjors en goudvis Harrie.

Mick is acht jaar oud en hij zit in groep vijf. Het gaat best wel goed op school. Niet altijd, want Mick is niet zo heel goed in opletten. Tenminste: niet op school.

Thuis kan hij dat des te beter. Want thuis gebeuren er dingen waar andere mensen niets van weten.

Dingen, die hij eigenlijk ook niet mag weten, maar waar hij stiekem achter is gekomen.

Papa en mama lijken heel gewoon. Net als iedere andere pap en mam. Niets bijzonders.

Maar ondertussen weet Mick heel goed dat ze maar net doen alsof.

Want eigenlijk (en dit mag je natuurlijk niet verder vertellen, want het is een geheimpje) zijn de ouders van Mick geheimagenten!

Mick weet het heel zeker. Echt waar!

Je kunt het van de buitenkant niet zien.

Mick heeft al heel vaak geprobeerd te kijken of je het kunt zien. Maar nee, op de foto's die op de kast staan zie je ook niets. Gewoon een gezin, pap, mam en hij.

Mick weet het nog niet zo lang hoor. Pas sinds een paar weken.

Vanaf dat moment merkte hij ineens dat pap en mam heel geheimzinnig deden.
    Ze fluisterden, keken of hij niet naar hun keek. Het leek wel of ze geheimen met elkaar bespraken. Mick weet het zeker! Dat doen een gewone pap en mam niet.
    Er moet iets zijn. En ja, wat kan het anders zijn? Het is toch duidelijk!
    Pap is geheim-agent en mam helpt hem.
    Ze doet overdag net alsof ze aan het werk is achter de computer.
    Maar Mick weet wel beter.

Mam krijgt vast opdrachten binnen. Van een rijke oliebaron of zo. Of een Indianenopperhoofd.
    En dan moet pap daar de volgende dag naar toe!

Iedereen denkt dat pap elke morgen gewoon naar zijn werk gaat. Maar Mick heeft ontdekt dat pap iedereen voor de gek houdt.

Hij pakt 's morgens zijn koffertje, waar zogenaamd zijn boterhammen in zitten. Maar eigenlijk zit daar zijn superspionnenpak in.

Dat mag natuurlijk niemand zien.

Daarom trekt hij dat thuis ook nog niet aan. Dat doet hij onderweg, achter een boom. Of achter een grote auto.
En wanneer pap 's avonds thuiskomt, heeft hij zijn gewone kleren weer aan.

Dan gaan ze aan tafel en praten over heel gewone dingen. Zoals over het weer, hoe het op school is en over wat er die avond op tv is. Nooit over wat pap allemaal doet overdag. Daar mag hij vast niet over praten van zijn baas. Die is misschien ook wel een super-agent.
    Agent 0-0-1 of zoiets.

's Avonds, wanneer Mick in bed ligt, denkt hij na over hoe pap er uit ziet als geheim-agent.
    Mick denkt dat pap een soort heldenpak aan heeft.
Een rode broek met een blauw shirt.

Dan heeft hij natuurlijk ook een cape om. Dat hebben alle helden. En rode laarzen.

Eigenlijk niet helemaal een pak voor een spion. Een spion mag niet opvallen. Die heeft een zwart pak aan. En hij heeft altijd een zonnebril op.

Dat is wel iets om over na te denken.

Zou het dan toch niet...?

Voor hij daar goed over na heeft kunnen denken, valt Mick in slaap. Hij droomt over helden en spionnen.

Het is een superspannende droom. Mick doet zelf ook mee, in die droom. Hij is ook een held. Net als pap. Met een mooi pak aan. Dat wil hij ook heel graag.

Jammer genoeg heeft hij geen heldenpak. In zijn droom kan Mick zelfs vliegen. Hij vecht samen met pap tegen boeven en uiteraard winnen pap en Mick het gevecht.

Midden in de nacht schrikt Mick plotseling wakker.

Hij hoort een vreemd geluid. Het lijkt wel of er iemand aan het praten is, buiten dan.

Wat kan dat zijn?

Mick staat op en sluipt voorzichtig naar zijn raam.

Hij schuift het gordijn een beetje aan de kant en tuurt naar buiten.

Het is heel erg donker. Daardoor kan hij niet goed zien wat er op straat gebeurt.

"Miaaaaaauww"

Hoor, daar heb je het weer!

Nu weet Mick het: het is de kat van buurvrouw Martha. Die heeft waarschijnlijk ruzie. Met een andere kat of zo.

"Hey buur, heb je het pakket nog opgehaald?"

"Hssshhhhisssssshhh"

Hè? Hoe kan dat nou?
Mick hoort heel duidelijk iemand praten.

"Wafwafwafwrraaafff"

"Nee, ik heb het niet. Het spijt me heel erg. Maar het komt goed hoor. Ik breng het je straks wel. Ik kon zelf niet weg, want ik moest een belangrijk klusje doen.

Daarom had ik het aan haar gevraagd. Ze komt het straks wel brengen."

Daar! Daar hoort hij het weer. Er praten twee mensen met elkaar.

Maar wacht eens... een mens loopt toch niet te miauwen? Of te blaffen?

Mick wrijft in zijn ogen. Maar hij kan nog steeds niets zien van achter zijn raam. Hij springt weer op zijn bed en kijkt nu onder zijn bed.

Hij zoekt naar zijn zaklamp. Waar is dat ding als je het nodig hebt?

Ja, hebbes!

Mick trekt nu zijn pantoffels aan en zijn ochtendjas.

Dan sluipt hij met de zaklamp in zijn hand naar buiten, de tuin in. Mick houdt de zaklamp goed vast. Het lijkt wel of hij een brandende fakkel vasthoudt. Net als een superheld.

Super-Mick!

Mick moet zijn ogen even laten wennen aan het donker. Hij ziet nog niet echt veel. Hij tuurt en tuurt.

En dan ziet hij het. Een kat. En een hond. Het is inderdaad de kat van buurvrouw Martha, Kareltje.

En die hond dan? Maar dat is... Nee, dat kan niet. Sjors ligt in zijn mand. Daar ligt hij altijd. Net toch ook? Mick weet het niet zeker.

"Kun jij dat pak nou even halen, waar ik je om gevraagd heb?" hoort Mick een onbekende stem zeggen.
  Hij kijkt nog eens goed en dan ziet hij het: het is echt Sjors. Sjors, die op zijn achterpoten zit te praten tegen Kareltje. En Kareltje heeft een pet op.

Nee, dat bestaat niet!

Mick wrijft zich met zijn vrije hand in zijn ogen.

Hij kijkt nog eens. En nog eens. Maar het beeld wordt niet anders. Kareltje draagt een pet. En Sjors heeft ook kleren aan.

"Dat pak is voor de grote baas," hoort hij Sjors zeggen.

"Ik breng het je morgen wel, ik heb het nog binnen liggen," hoort hij de stem van Kareltje.

"Nee, nee, dat kan niet," hoort hij Sjors zeggen. "Dat loopt veel te veel in de gaten. Morgen is de kleine baas wakker. De kleine baas mag het niet zien. Het is een geheim.
We moeten het nu doen, terwijl hij ligt te slapen."

Mick hijgt het uit. Zie je wel! Hij heeft het al de hele tijd gezegd.
Papa is geheim agent. Misschien zelfs wel een superspion. Kareltje heeft het zelf gezegd. Wel niet met de woorden 'geheim agent' en 'superspion', maar iets anders kan het niet zijn.
Dat moet hij wel bedoelen.

Maar wacht eens: dat kan helemaal niet.
Dieren kunnen niet praten.
Dieren hebben geen kleren aan.
Hij droomt. Dat moet het zijn.
Mick knijpt zich in zijn arm.

"AU!" roept hij.

Raar, hij voelt het echt. Hij hoort geritsel in de bosjes en wanneer hij kijkt, zijn Sjors en Kareltje verdwenen.

Mick gaat weer naar binnen en klimt weer in zijn bed.
Hij kan niet goed slapen.
    Zag hij het echt goed? Of droomde hij toch?
Hij weet het echt niet.

De volgende morgen zit hij te gapen aan tafel. Mam snapt er niets van.
    "Wat ben je toch wit! En waarom gaap je zoveel? Misschien moet je vanavond maar eens vroeg naar bed!" zegt ze.

Mick mompelt alleen iets.

Hij kan natuurlijk niet gaan vertellen wat hij vannacht gezien heeft. Niemand zou hem geloven.
    Maar hij weet het nu heel zeker: hij gaat vandaag alle bewijzen bij elkaar zoeken.
    Reken maar dat hij achter de waarheid komt!

Snel eet hij zijn boterhammen op.
Hij drinkt een grote beker melk en als iedereen klaar is, gaat hij van tafel.
    Hij gaat voor de mand van Sjors zitten. Hij kijkt.
    En kijkt.
    En kijkt nog eens heel goed.
    Sjors kijkt hem aan.

Hij snapt er niets van. Wat heeft Mick toch?
En Mick snapt het ook niet.

Sjors lijkt nu ineens helemaal niet meer op de hond van vannacht.

De Sjors die nu voor hem in de mand ligt is een compleet andere hond dan die van vannacht…

Terwijl Mick er vannacht zeker van was dat het Sjors was, in dat heldenpak.

Zo raar!

Mick staat op.

Hij wil naar buiten, om te zien of hij daar bewijzen kan vinden. Misschien ligt dat petje er nog wel.

Hij draait zich om en voelt een enorme kriebel in zijn neus.

HATSJOE!!!

"Gezondheid," hoort hij. Het komt uit de mand.

Zei Sjors dat? Nee! Dat bestaat niet!

Mick kijkt Sjors aan, maar die slaapt. Of doet hij net alsof?

"Ik kom er echt wel achter hoor!" sist Mick.

Hij heeft er genoeg van dat iedereen een geheim heeft dat hij niet mag weten.

Het is tijd om de waarheid te ontdekken.

Super-Mick gaat op onderzoek uit!

Mick trekt zijn schoenen aan en gaat naar buiten. Hij neemt zelfs een vergrootglas mee. Om sporen mee te zoeken. Hij loopt naar de plek waar Kareltje en Sjors vannacht stonden.

Hij kijkt en kijkt, maar hij kan niets bijzonders vinden. Nog een stapje verder dan. Hij staat al met z'n benen in de struiken. Het kriebelt en prikt overal. Maar wat is dat? Is daar iets begraven? Mick bukt zich om beter te kijken, maar hij voelt ineens heel veel pijn aan zijn been.

"Au!" gilt Mick.

Zijn been zit vol met krassen. Hij kijkt in de bosjes om te zien wat dat nou was. Dan hoort hij geritsel.

"Hssssssshhhhh…"

Nou ja zeg… Kareltje van de buurvrouw blaast naar hem.
En hij heeft Mick in zijn been gegrepen.

Dat moet eerst schoongemaakt worden.
   En Mick moet pleisters op zijn been hebben.

"Wacht maar, ik kom terug," sist hij naar de struik, waar
Kareltje zit. "Ik kom er echt wel achter wat je hier verstopt
hebt!"

Dan hinkelt hij naar huis.
   Mam schrikt er van. En ze is ook wel een beetje boos.

Op Mick, die tussen de struiken in de tuin liep, maar ook op Kareltje, die hem gegrepen heeft.

Mam maakt de wondjes schoon en plakt er pleisters op.
   "Wat doe je daar ook in die struiken?" vraagt mam.
Mick denkt even na. Als hij mam gaat vertellen wat hij gezien heeft, gelooft ze hem vast niet. Een kat met een pet op, een hond met kleren aan en alle twee kunnen ze praten. Ja, ja...

"Ik zocht wat," zegt Mick. Nog helemaal waar ook!
   "Nou, vooruit dan maar weer," zegt mam en ze tilt hem van de tafel af, waar hij op zit. "Ga maar weer spelen. Maar voorzichtig met die rare kat hoor!"

Mick belooft het. Hij zal wel voorzichtig zijn. Of Kareltje dat ook doet, tja... dat weet hij natuurlijk niet.

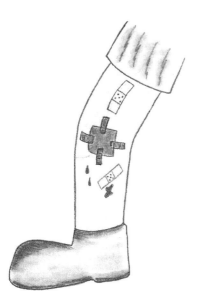

"Eerst in de badkamer je handen goed wassen," roept mam nog.

Mick gaat naar boven. Vlak voor hij de deur van de badkamer open doet, hoort hij weer rare geluiden.
   Geen gepraat, maar wel geluiden, die er niet moeten zijn. Hij luistert nog even en gooit dan met een ruk de deur open.

Nou ja zeg... daar zit Kareltje weer.

Achter het douchegordijn! Wat moet hij daar nou?

Mick gaat proberen Kareltje te vangen, zodat hij hem weer naar buiten kan zetten.

Maar voor Mick het ook maar kan proberen, is Kareltje alweer weg. Zelf door het raam naar buiten gesprongen.

Nou ja zeg, wat is dat voor iets raars?

Dan ziet Mick allemaal zanderige kattenpootjes op de grond. Je kunt zien waar Kareltje heeft gelopen.

Mick wordt zomaar ineens weer Super-Mick! Hij laat zich op zijn knieën vallen en volgt het spoor op handen en voeten. De kattenpootjes gaan naar de deur van de badkamer. Dan verder naar... Mick zijn slaapkamer! Wat moest Kareltje in zijn kamer? Mick kruipt verder en ziet dat Kareltje de hele kamer door is geweest. Mick klimt op zijn bed en denkt na.

Er is ergens een pakje. Dat is voor de kleine baas. Maar wie is die kleine baas? En wat zit er in het pakje? Waar is het pakje?

Mick kijkt nog eens goed rond. Daar, daar ziet hij weer kattenpootjes op de grond. En die gaan naar zijn bed.

Ligt het pakje dan onder zijn bed? Heel voorzichtig gaat Mick op zijn buik liggen om onder het bed te kunnen kijken.

Oh, wat is het donker, vlak bij de grond. Het lijkt wel of het nacht is. Midden in de nacht hoort Mick ook wel eens iets. Dan kijkt hij ook altijd voorzichtig onder het bed. Eigenlijk durft hij dat niet zo heel goed.

Hij is altijd bang dat er een monster onder het bed zit.
Of een krokodil.

Maar nu is hij bang voor iets anders. Misschien zit die enge
Kareltje er wel... met die gele ogen die zo glimmen.

Mick neemt een diepe hap lucht en buigt zich voorover.
Hij kan het nog net niet zien.
   Nog een stukje verder, nog een stukje... wat is dat bed
toch hoog!

En dan ineens:

ROMMELEBOM BOEM!

Verschrikt kijkt Mick om zich heen. Waar is hij? Hè?
Waarom is het zo donker in zijn kamer?

En waarom heeft hij zijn pyjama aan? Hij hoort gestommel
op de trap. Zijn kamerdeur gaat open. Daar zijn pap en mam.

"Van harte gefeliciteerd met je verjaardag!" roepen ze alle
twee tegelijk.
Sjors loopt blaffend om hun heen!

Hè? Verjaardag? Hoe kan dat nou? Net was het nog dag. Hij
was aan het kijken naar die malle Kareltje, die onder het bed
zat. En nu is het ochtend?

"Volgens mij heb jij heel vreemd gedroomd," zegt pap en hij
gaat op het bed zitten.
Mick krabt zich op zijn hoofd. Hij voelt een bult van het
vallen.
"Ja, nogal," mompelt hij.
"Kareltje zat onder het bed. Ik hoorde het. Ik weet het
zeker!"

Mama begint te lachen.
"Je moet toch stiller doen als je iets verstopt terwijl hij
slaapt, pap," lacht ze.

Mick snapt er niets van.

"Pap heeft jouw kado onder het bed verstopt!" verklapt mam. "Ik denk dat je dat hoorde."

Nou ja... denkt Mick. Hoe kan dat nou?

"Maar ik hoorde jou tegen Kareltje praten, in de tuin," zegt Mick nu tegen Sjors. Maar die snapt niets van wat Mick tegen hem zegt.

"Hij zei tegen Kareltje dat hij een pakket aan hem moest geven," zegt Mick. Hij weet het zeker. Hij is toch niet gek. Maar pap en mam moeten nu heel hard lachen.

"Och lieve jongen toch, wat ben je aan het dromen geweest!" lacht papa en hij houdt zijn buik vast.
    "Hij heeft jou vast gisteravond horen praten met buurman Job," denkt mam hardop.
    "Ja, dat moet wel," zegt pap. "Gisteravond ging ik bij buurman Job jouw kado ophalen. Dat heeft hij voor ons opgehaald bij de speelgoedwinkel. Daar werkt hij vlakbij.

En ik moest een grote klus op het werk afmaken, dus ik had er geen tijd voor."

Het klinkt allemaal best wel goed. Dit zou wel eens waar kunnen zijn.

"Maar ik hoorde Sjors en Kareltje!" zegt Mick weer. Hij hoorde het duidelijk. Sjors blafte en Kareltje miauwde en blies.

"Die hadden weer eens ruzie met elkaar!" vertelt mam. "En weet je wat helemaal erg is? Kareltje is zelfs op jouw kamer geweest. Sjors heeft hem zo opgejaagd, dat hij door het badkamerraam is geklommen. Toen is hij naar jouw kamer gerend. Hij is zelfs op je bed gesprongen en toen door jouw raam weer naar buiten gegaan!

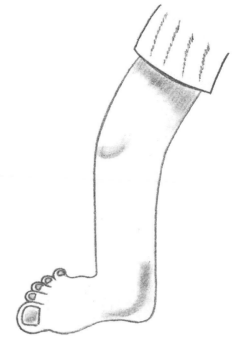

"Aha...," zegt Mick nu. Nu snapt hij waarom zijn been pijn deed. Dat kwam natuurlijk door Kareltje zijn scherpe nagels.

Mick slaat de dekens naar achter. Er zitten geen pleisters meer op zijn been. Natuurlijk niet, dat was dus een droom.

Alles was een droom. Hij hoorde gepraat en daar heeft hij een droom omheen verzonnen.

Wat gek! Maar ook wel weer leuk.

Mick wil nu toch wel graag weten wat zijn kado is. Pap pakt het pak onder Mick zijn bed vandaan. Het is heel groot.

Mick maakt het open en kan zijn ogen niet geloven.

Het is een superhelden pak! Dat wilde hij zo graag hebben. Daar had hij pap en mam al heel vaak om gevraagd. Hij had het pak zien hangen bij de speelgoedwinkel. Het is blauw met rood, met laarzen en een cape. Net als het pak dat pap aan had in zijn droom.

"Maar ben jij echt geen geheim agent? Of superheld?" vraagt Mick aan pap.
   Hij moet het toch zeker weten.

"Nou... nu je er toch naar vraagt.....," doet pap heel geheimzinnig, "Eigenlijk ben ik wel geheim agent. Ik ben geheim agent O-O-Papa! Niemand vertellen hoor!"
   Hij geeft Mick een heel dikke knipoog. '

Nee, Mick gaat het niet verder vertellen.
   Dit is hun geheimpje.

Papa is een held. En hij is het nu ook.

Superheld Mick

Geheim agent
O-O-Mick!

12W07128